꽃잎편지

꽃잎편지

이봉남 시집

토담미디어

여는 시

베일에 가린 듯

어두운 마음으로 살아왔던 세월

쓸쓸한 마음으로 뒤안길을 바라본다.

아름다웠노라고 말할 수 없기에

삶의 흔적 비우고 싶어 소리 없이 토해냈다.

흔들리는 마음 밝은 햇살에 띄우고

얼마만큼 남았는지 가늠할 수 없는 삶

힘든 여정을 깨끗이 지우고

순수한 마음으로 삶을 갈무리하고 싶다.

— 2015년 초하, 과천에서

이봉남

차례

1부

2부

3부

발문

1부

달

하늘에 진풍경 펼쳐져

달을 보려 창문을 열었다

구름을 품은 하늘

어둠에 젖어든 나

달빛에 취해

달빛에 젖어

달빛에 말려본다

어두운 마음 달빛에 태우리.

갈림길

아무도 모르게
불행의 발자국 소리 없이 와
가슴에 돌처럼 굳은 너를 안고
천지가 무너지는 그때의 고통

칸막이 없는 삶과 죽음 오 분 사이
이승의 천지에 너의 손 놓치고
어미의 잘못에 운다

불행의 막은 나를 덮치고
내 생명을 주면 너 올 수 있나?
살아 있는 것이 죄구나
걸어 못 온다면
꿈에라도 다녀가기리.

유월의 햇살

따갑게 타오르는
유월의 햇볕
오만한 여름의 타오름
솔바람이 스쳐가며
구름에게 속삭이는 말

사계절이 뚜렷함은
춘하추동 이치인 것을
한 계절이 전 생애인줄 모르고
힘든 계절인 줄 알지만
따가운 햇볕이 있기에
만물이 성장하는데
유월의 햇볕을 원망하는 사람들……

가슴에 그리는 얼굴

창가 먼 허공을 바라보며
구름을 헤치고 웃고 있는 얼굴
마음은 어릴 적 그대로
몇십 년의 헤어짐에도
바래지 않은 얼굴

내 안에 떠오른 너
그리움에 가슴이 아파만 온다
하늘을 바라보면 풀리려나
아무 것 모르는 별은 반짝이는데
요동치는 내 마음……

내 생각에

시를 쓴다는 게 우습다
하늘나라 간 내 아들한테
쓰고 싶은 이야기를 쓰다 보니
아직 못다 한 말이 있어
이렇게 살아 있구나

죽는 것도 팔자인가
아들 따라가겠다고
바다에도 여러 번 뛰어 들었었지만
가슴까지 차 오른 광안리해수욕장
엄마, 엄마! 누나는 어떻게 해
그 소리 귓가에 울리고
넓은 백사장 바람은 휙~ 사라지며
딸이 내 손을 놓아주지 않았다.

성묘 가는 길

부모님 계신 산소에 가며
풀잎들의 적막 깨치는 소리
발부리에 찬 서리 흩어지고
영롱한 햇살 부서져 반짝일 때
이름 모를 산새들이 우리를 반기네

발밑에 노란 복수초 피어
꽃망울 터뜨리고 향기를 내뿜는구나
나는 오빠들을 불러 세웠지

꽃 좀 봐
봄이 왔다고 꽃망울을 터뜨렸어
방긋방긋 웃고 있네
굳은 땅 헤치고 나왔으니
발 뿌리 손 뿌리 다 아팠겠지
산소 앞에 모여 앉은 삼남매
부모님 영혼이 웃고 계시겠지……

세상이 무섭다 1

물속으로 가라앉는데 끌어낼 장사도 없고
배 구조를 아는 선장과 선원들은
살겠다고 빠져나와 구조선에 오르네
304명 귀중한 생명들 나 몰라라
뒤 돌아보지 않고 탈출하는 장면
뉴스에 떴네
구조선에 제일 먼저 올라탄 선원들
더 나쁜 인간은 유병언이다
천인공노할 인간 살인마
그 많은 사람을 죽이고 자기는 살겠다고
요리 저리 수사망을 피해 다니는 그에게
하늘에서 천벌 내리겠지
많은 생명을 죽이고 저는 살겠다는 목사?
천당에 가자는 설교와
착하게 살자는 설교가
차디찬 바다에 깊이깊이 가라앉고
천당은 끝없이 멀어지네.

세상이 무섭다 2

꽃 봉우리 바다로 가라앉는다
피려면 멀었는데
들뜬 수학 여행길에 나선 아이들
귀중한 새싹들

고운 마음 아름다움
정겨움 사랑하는 마음 다 실었는데
배는 바닷물에 자꾸 가라앉아
고운 꿈들 모두 수장되었네
얼마나 엄마 아빠를 목 터지게 불렀을까
살려 달라고 외쳤을까
너희들의 외침이 지금 들리는 듯……

부끄러움이 가슴을 때리는구나
무리한 하중을 이기지 못한 배
책임감 없는 사회 풍조
백 가지 지은 죄 이루 헤아릴 수 없네

펴보지 못한 꿈 저세상에 가서

푸른 꿈 색칠하며 활짝 펴 보아라

세월호에 갇힌 어린 새싹들아.

어머니의 사랑

어머니의 사랑은 강물이다
자식들에게 사랑을
퍼 주시고 자신까지 다 주신 어머니
끝없이 흐르는 강물

어머니는 태산이다
태산 같은 마음으로
자식들의 앞날을 위해
바라보고 지켜보시는 어머니

어머니는 바다다
바다 같은 넓은 가슴으로
용기와 격려로 언제나 감싸주신 어머니
세상에 계신다면
사랑의 은혜 이제 갚을 수 있는데……

어머님

가슴 아파
부르기조차 안타까운 그 이름 어머님
유언 한마디 못하신 채
자식들의 절통을 아시는지요?
당신의 아픔 돌아볼 여유도 없이
사랑만 퍼 부어주시던 어머니

다 주시어 앙상한 겨울나무처럼
그렇게 한 생을 사신 어머님
자식들의 효도를 받을 만한 때도
늘 뒤에서 지켜만 보시더니
갑자기 가시는 연유 무엇인가요?

어려울 때 지혜로 지켜주시고
사랑으로 감싸주신 어머님
뒤늦게 어머님의 은혜를 알았습니다
이제, 갚을 길을 알려주세요.

아버님

평생 자식을 위해 살아오신
근엄하고 청백한 마음
세월이 가져가
생각하면 안타까운 삶
동분서주 헤매시던 아버님

땀 한 번 닦아드리지 못한 불효
당신의 나이가 되어보니
조금 알 것 같은데
이 세상에 아버님은 안 계시니
은혜를 어디에 갚사옵니까?

사월

만물이 태동하며
생명을 잉태하는 사월이다
여기저기 꽃들이 터지는 소리
식물들 굳은 땅 헤치고
머리 내미는 소리

꽃 피고 새 우는 소리
뒷동산에 뻐꾸기 애끓는 울음소리
벌 나비는 꽃 찾아 날아드는데
내 마음도 꽃 따라
사월을 바라보며 춤추고 싶네.

오월

오월은 신비로운 계절
활짝 핀 라일락 나부끼며
향기를 내뿜는 보랏빛 향연
베일에 가려있는 것 같은 나

나는 꽃 따라 발길을 옮겼다
철쭉꽃이 만개한 공원
태양과 호흡하는 무성한 초록들
저 햇빛이 없다면 꽃과 초록이 있을까
꽃이 너무 고와 샘난다

봐 주는 이 없어도
이름 없는 잡초까지
고운 꽃을 피워내는
오월의 초록에 찬사가 절로 난다.

시를 쓰는 마음

앞날을 기약할 수 없지만
시를 쓰기에 즐겁고
늦었다는 순간이
시발점이라고 생각된다

시란 마음을 표현할 수 있고
느낌을 마음대로 쓸 수 있고
생각대로 본대로 적을 수 있어
어떤 표현도 할 수 있다니
가슴이 아플 때마다
시를 써서 달래보련다.

가을 단풍

청정한 가을 하늘

눈부신 햇살

영롱한 오색 단풍

온 세상이 한 폭의 자연 그대로 그림이네

화려한 단풍을 보니

마음이 이렇게 현란한지

또 계절이 나를 감고 돌아가네

발걸음을 멈추고

의미를 되새기게 하는 이 순간

감사하는 마음 넘치는 이 좋은 계절

화려한 이 계절을

나 몇 번이나 맞이할 수 있을까

주어진 운명을 피할 수는 없겠지

〈

사은님 앞에 다소곳이 고개 숙여

영혼의 갈 길을 주소서

두 손 모아 선택받기를 기도합니다.

부산역

딸을 보려고 KTX를 탔지
부산역에 도착하니 눈이 휘둥그레진다
우리나라 제2의 도시답다
옛날에 본 부산역이 아니었다
입구에서 다가오는 내 딸
엄마! 하며 앞에 선다

객지에서 혼자 지내는 딸
보는 순간 애잔한 마음에 눈물이 핑 돈다
이곳에서 나도 한때는 남매였는데
서로 바라보며 꿈을 엮어 갔었지
이곳이 나의 운명을 바꾼 곳이다
이제야 가슴 아파하면 무엇하리

딸 근무처로 가 돌아보았지
그렇게 큰 배를 처음 보았다
그리고 해운대로 발길을 옮겼다

아득히 보이는 바다에 떠 있는 배
저 멀리서 밀려오는 포말
모래위에 한 겹씩 생기는 그림
내 마음을 바다에 띄우고 돌아왔다.

풀벌레

숲속의 맑고 구슬픈 소리
그 소리에 나도 모르게 끌린다
한 해가 아쉬워 우는지
너의 그 애끓는 울음에 내 마음까지 젖는다
마지막을 토해내는 서러움
가을 하늘에 서러움을 띄우며
네 몸 불태우고 있구나

그러나 가는 세월 어찌하랴
싱싱했던 초록들도
한 잎 두 잎 물들어 붉게 불타는데
풀벌레 넌들 어찌하랴 이 계절을……

잊을 수없는 아픔

피 맺힌 아픈 기억
가슴 에이는 고통
뼈를 깎아낸들 그리 아플까
참아야 했던 지난 날의 슬픔
아들을 멀리 보내버린 어미 마음

세월은 그렇게 흘러갔는데
마디마디에 박힌 모정 풀리지 않네
고통에 눌린 이 시간
밤이면 고통의 창 열고 찬바람 쐬어본다
부서진 마음을 훠이훠이 날려
잊을 수 있는 잠을 청해본다.

보길도

어느 가을 햇볕이 쏟아지는 날
여행길에 올랐다
내 눈에 들어오는 보길도
푸른 물결 반짝이는 검은 보석
파도가 밀려와 까만 성을 이룬 보길도
포말이 밀려와
여지없이 핥고 지나가네

햇볕에 반사되어 빛나는
저 까만 보석
보길도에서 검은 보석을 본다
검은 보석을 가슴에 심어
추억으로 가끔 꺼내 볼 것이다
한가로운 갈매기떼
보길도를 잘 지켜다오.

내 이름 석 자

나는 전생에서 무엇이었을까
바람이었을까
아님 한 조각 구름이었을까
봄이면 곱게 피는 꽃이었을까
민들레 홀씨처럼 이 땅에 왔겠지

내 뜻과는 상관없이 이 몸 받아 왔겠지
내 이름 석 자 가지고 80년이 되도록 살았다
얼마나 더 살아야 나 잘 살았다고 할까?
언젠가는 저 구름과 같이
내 이름 석 자도 사라지리.

수련관 가는 길

시화전 가는 길
안산에서 버스를 탔지

눈에 들어오지 않는 이정표
기사님께 물었더니
사십 분 가야 한다고……
양 옆에 바다를 거느리고 달린다

시화방조제 연륙교를 건너
제부도를 거치는 동안
계속 따라오는 바다
가라앉은 마음이 탁 트인다

망망대해 물새 날고
물 위에 뜬 빛
파도에 씻겨 사라지는데
저 멀리 바다에 조각배 띄우고

목적지로 차는 달렸지

청소년수련관에 전시된
우리들 시와 그림은
큰 기쁨으로 다가왔다

보람 있는 하루
하늘을 나는 기분이었다.

태종대

출렁이는 쪽빛 바다
바라보는 가슴이 아련하다
쪽물 같은 바닷물
파도에 내려앉은 별
수없이 파도에 씻겨 사라지네

물살에 떠밀리는 갈매기
유람선에 몸을 싣고 바다로 갔었지
높은 파도타기 짜릿한 기분
뱃머리를 떠 밀어
배가 무섭게 요동치네

배를 스치며 울부짖는 해풍
물을 가르며 달리는 이 쾌감
배와 배가 간격에 스쳐가는 찰라
아슬아슬한 느낌
부두로 나와 해변에 깔려있는

자갈길 밟아 걸었지
포말이 밀려와 모래 위에
그림을 그리며 사라지니
태종대는 바다에 그려진 그림처럼
둥둥 떠다니는 절경이네.

내가 원하는 다짐

그분의 자비심으로
삶 속에 받아들인 법문
마음을 닦아 모든 죄업 씻어 내고
영원한 쉼터가 될
영과 무한을 넘나드는
밝은 광명 찾는다

숙연한 마음으로
모든 죄업 씻어 내고
두 손 합장하여 사은님의 뜻을 이으리
진리의 빛을 받아
새로운 마음으로 살아가리.

※원불교는 사은님을 믿는다

제비꽃

발길을 멈추게 한 꽃
곱고도 청초한 꽃이
내 가슴을 적시는 제비꽃이여
화사하게 피어난 꽃
입맞춤하니 피붙이 같구나

가냘프고 고운 보랏빛 꽃이여
은은한 향기 널리 퍼뜨려
이 세상 향기로 가득 채우거라.

을미년

한 해가
빈 하늘로 넘어 갔다
나이테가 나를 감아 돌아갔네

둥글게 솟아 오른 태양
달빛도 별빛도 싸고 돌아
한 해는 지구 저 편으로 잠기고
동녘에 우뚝 솟은 태양
찬란하게 솟았구나

지난해를 접고
세월은 사계절을 향해 돌고 돌아
갑오년도 흘러가고
을미년이 힘차게 밝아 왔네
꼬리 감추지 못한 샛별
아침 이슬 받으며 깜빡거리네.

내가 간다

내가 간다

어디 가는 중이야?
아들에게 간다
아프고 슬퍼
눈물로 가슴을 채웠는데
무슨 말을 하리
노을 진 산마루에 서 있다

가까운 종착역이 보이는데
거기가면 찾던 아들이 있을까?
그래, 기다리고 있어
한 걸음에 다가가
너의 손 잡을게
내가 달려 갈게.

어느 노부부

전철역으로 발길을 옮겼다
딸가닥 딸가닥 소리에
뒤돌아보았지
어느 노부부가 손잡고 온다

할아버지가 할머니를 마구 끌고 온다
할아버지는 키가 훌쩍 크고
반면에 할머니는 깡마르다 못해
불쌍할 정도다

허리는 굽어 S자요
무릎은 반절 굽혀 걷는데
그런 할머니를 마구 끌고 간다
끌려가는 할머니나 끌고 가는 할아버지
저들은 인생을 저렇게 가고 있구나

마구잡이 인생길

마누라가 아픈데

인생을 천천히 가도 되련만

저렇게 끌고 가야만 되는지……

가을비

간밤에 비가 내려
활짝 웃고 있는 얼굴에
궂은비 스멀스멀
선 채로 흠뻑 젖어
눈물만 뚝뚝 떨어뜨리고 있는
국화꽃

길가 빨강 노랑색 낙엽들이
뒹구는 위에
지나는 나그네 마음을 띄운다
가을비에 움츠리며
어디를 가는지 바삐 걷고 있는 나그네.

겨울비

싸늘한 겨울비에
나뭇가지마다 한숨 어린다
울창한 날이 언제였나?
궂은비가 오색 옷을 훨훨 벗겨내네
그 비에 가지마다 눈물이 그렁그렁 맺고
허공에 날리는 낙엽들

골짜기마다 추해진 낙엽
눈비 몰아치는 이 혹한에
모두를 다 보내고
맨몸으로 쓸쓸히 서있는 저 나목들……

고향

떠오르는 어린 시절
뛰놀던 옛 친구들 그립다
동산에서 숨바꼭질하던 친구들
아련한 그림 떠오를 뿐
뚜렷하게 그려지지 않는다

추억을 더듬어 보았지만
어린 시절 아련히 떠올라 그립기만 한데
지금은 그 누구도 반겨줄 이 없는 고향
청잣빛 하늘만 올려다보는
나그네 되었네.

연꽃

어마어마한 연꽃 마을
물 속 뿌리로 살아가도
잎과 꽃만은 황홀하다
태양과 물의 힘으로 피어낸
아름다운 연꽃

조심스럽게 꽃봉오리 터뜨려
하늘을 떠받들고 있는 그 의연함
향기롭고 고운 너
크고 아름다운 꽃봉오리이기에
인당수에서 심청이를 구했다는 전설의 꽃
한 송이 두 송이 꽃 봉우리 접는구나

파란 이파리에 절정기를 맞은
하얀 꽃은 마치 백로 떼가 앉아
사랑을 나누는 것 같다.

59번째 현충일

오늘은 공휴일이다
유월의 열기 31도였다고 한다
소래포구로 회 먹으러 갔었지
찾을 만한 공원도 없고
더위를 피할 곳도 없어 송도 가는
철길 밑에 자리를 잡았다

그 긴 철길 밑에 사람들이
인산인해를 이루고 있다
회와 술 먹는 사람 화투치는 사람
가지각색이다
휴일만 되면 먹자판 놀자판
얼마나 여유로운 삶들인가
그러나 우리 모두 각성해야 되지 않을까?
나 자신도 그러지 못한 마음에
가슴이 뜨끔했다
오늘은 현충일인데……

등산길에 내리는 비

높기만 하던 하늘에
어느 사이 먹구름 덮어
점점 하늘이 내려앉는다
금방이라도 소낙비가 쏟아질 기세다

등산객들은 너나없이
뛰다시피 산을 내려간다
얼마 되지 않아 비는 쏟아지고
나도 비를 피해 바위틈에
몸을 움츠렸다

비가 지난 뒤 마른 가지에
그렁그렁 맺힌 눈물이 뚝뚝 떨어진다
모든 초록들이
소나기 한 줄기에 깨끗이 목욕하였다.

현충원

봄의 신록이 눈부신 현충원
참배객들로 인산인해를 이루었다.
실내로 들어갔었다
우리나라의 위대한 분들의 사진 앞에
나 자신도 모르게 머리가 숙여졌다

그분들이 생명을 걸고 싸웠기에
일본의 치하에서 벗어 낫고
자유와 평화를 찾아
대한민국이란 나라가 섰다

그분들의 역경과 피눈물로
지켜온 숭고한 이 나라 이 겨레
그분들의 뜻을 이어 받았으면 좋으련만
사진 속 그분들의 고통이 보인다.

벤치에서

내게 주어진
하루가 이렇게도 평온할까
이 달콤한 시간
지나는 불청객이 이 평화를 깰까 두려워
등산객들 지날 때마다
훔쳐보곤 했다

그 누구의 간섭도 받지 않고
자연에 싸여 취하고 싶고
숲에 잠겨 있고 싶고
맑은 공기에 도취되어
나 혼자만의 시간을 갖고 싶었다
바람에 나부끼는 진한 녹색 숲의 향기
푸르른 하늘 한 폭의 그림이네.

하늘공원

하늘마냥 높다 해서
하늘공원이라 했나?
오르고 오르니 시가가 한눈에 들어온다

곱게 피어 가을 정취가 감도는
울긋불긋 피어있는 코스모스
바람 따라 흐느적이며
은빛으로 찰랑대는 억새꽃

관광객들로 인산인해를 이루고 있는 하늘공원
억새 잎과 잎이 서로 애무하고
사각사각 스치며 울부짖는 소리
귀 기울이면 들리네
풀잎의 울음에 발길을 멈추고
소리 죽여 들었노라
가을하늘 은빛으로 덮였구나.

늘 푸른 산이라면

사철 푸른 산이라면
이름 모를 산새들이 조잘대고
계곡에는 물이 졸졸 흘러 강으로 바다로
봄이면 꽃도 피고 잎도 피어
더욱 푸른 옷으로 갈아입고
모든 생명을 품는 그런 산

모진 비바람에도 꿋꿋하게
하늘을 떠받들고 있는 그 의연함
추운 혹한에도 그 자리 그 자태로
모두를 끌어안는 어미 같은
나도 그런 푸른 산이라면 좋으리……

남쪽에 갔었네

매화 개나리가 봄 햇살 받고
가녀린 개나리가 엷은 웃음 띠며
차창 가에 다가와 왜 이제야 왔냐고
예쁜 미소로 생긋이 인사하네
나는 꽃에게 답했지
너희들을 보게 되서 반갑구나
그래 잘 있거라 예쁜 꽃들아
다음 해 또 보자꾸나

옥구슬 같이 빛나는 남쪽 하늘
하늬바람은 꽃을 간질이고
꽃은 자지러지게 웃으며
바람과 같이 널뛰기하네
새는 개나리와 속삭이고
남쪽의 봄을 즐기며
노래 부르고 있네.

열차 안에서

차창 밖
들녘에 고은 햇빛 찰랑대며
청보리 이랑 파릇파릇
따스한 햇살 청보리에 사뿐히 앉아
어루만지고 있네

유리창에 비치는 허공
먼 산에 아지랑이 아른거리고
샛강에 철새 몇 마리 이리저리 먹이를 더듬고 있네
따스한 봄기운은 땅으로
뭉게구름은 하늘로
열차는 끝없이 끝없이 질풍처럼 달리네.

사월의 반란

고운 햇살 드리우는 사월의 태양
긴 터널 뚫고
가녀린 새싹들 화사하게 피어나는
꽃들의 향연

하늘에 솜털구름 떠있고
실개천 조잘대며 강으로 흐르네
강에는 물안개 피어오르는
화창한 봄이어라

벌 나비 꽃술에 입맞춤하고
초록 물결 짙은 내음 더욱 푸르니
사월은 연초록으로 온 세상을 덮어 버렸네.

봄의 꽃

향기를 내품으며
나부끼는 고운 꽃이여

봄비 내리는 밤
눈물만 뚝뚝 떨어뜨리며
천천히 낙화하는 꽃이여

동녘에 태양이 우뚝 솟아올라
바람은 살랑살랑 꽃잎을 어루만져도
가녀린 이파리 싸늘한 바람이 시려
움츠리고 있는 어린 새싹들……

만물이 소생하는 사월

산수유 개나리 진달래
꽃들이 화창하게 다투어 피어나는 계절
구름 한 점 없이 맑은 하늘
햇빛에 피어오른 아지랑이 아른거리고

달리는 세월 속에
개울물은 졸졸졸
강으로 바다로

강에는 물안개 피어오르고
화창한 봄날의 자연 속으로
두 팔 펴 뛰어드는 나의 꿈 조각.

2부

등산길

화창한 봄날 산에 갔었지
비탈에 진달래가 뒤덮여 있네
자연의 섭리란 저리도 위대할까
앙상했던 나무에
저리 예쁜 꽃이라니
방긋방긋 웃고 있는 진달래 꽃

먼 산에 아지랑이 피어오르고
종달새는 공중에서
날개를 좌우로 세워 곡예하네
산새들이 노래 부를 때
나는 세상을 바라보았지
솜털구름 둥실 떠 있는
파란 하늘을 바라보았지.

봄의 화신

훈훈한 바람 몰고 돌아온
봄의 태양 아래
내 마음에 들어오는
풀꽃마다 자연의 섭리가 깃드네

푸른 하늘과 호흡하는
미소가 여유롭게
아름다움을 자아내네

희망으로 싹트는 이 봄
잔잔한 내 가슴에도 꿈을 지피네

나무들의 작은 미동으로
생기가 부활되는 이때
산책길의 실버들
춤추며 꽃가루를 흩날리고 있네
〈

봄바람은 살랑살랑

겨울은 멀리 세상 저 끝으로 밀려갔네.

꽃놀이

무수한 인파에 끌려
현충원으로 갔었지
입구에 들어서니 탄성이 절로 난다
축 늘어진 수양벚꽃
그 향기에 취해 갈 곳을 잃는다
수많은 호국영령들 앞에
두 손 모아 명복을 빌었다

임들이 고귀한 생명을 바쳤기에
우리나라가 우뚝 설 수 있었지
임들의 죽음이 헛되지 않았음을
지하에서나마 지켜보소서

이 나라의 아들들이여
빗발치는 총부리 앞에 힘없이
쓰러진 그대들의 이름
하염없이 바라본다.

길가에 핀 코스모스

가냘픈 몸매로
길가에 곱게 피어나
바람과 함께 춤추는 코스모스
따가운 햇님이
꽃잎에 사뿐히 앉아
정답게 속삭인다

가을 길을 화려하게 빛내는
예쁜 꽃
끊어질듯 긴 목선을 내밀고
지나는 길손에게 고개 숙여
인사하는 코스모스
마냥 한들거리며
가을 길을 아름답게 장식하는구나.

추석

한가위
둥글게 솟아오른 보름달
나는 달님에게 소원을 빌었다
딸과 사위, 손자들에게
무한한 행복을 펼쳐 달라고
두 손 모아 달님에게 빌며
자손들의 장래가 탄탄대로로 이어지기를
간절한 마음으로 빌었다

추석날 밤 허공에 우뚝 솟은 달
내 마음을 굽어보는 것 같다
모든 착심 다 놓고
이제 남은 생 살아가리니
아이들 모두 떠나고
쓸쓸한 추석날 밤이었다.

낙엽

가로수 은행나무
한 여름의 폭음을 가리며
길손에게 그늘을 주던 은행잎
어느새 노랗게 물들고
낙엽 되어 나뒹구네

길 위에 소복소복 쌓여
발길에 밟히는 낙엽
지나는 젊은 연인들
한 움큼 쥐어 공중에 날리고
깔깔대며 사진을 찍네.

단풍나무 2

빨갛게 물든 단풍나무
형형색색으로 고운 옷 갈아 입었구나
자신을 아름답게 치장하느라
가을을 붉게 불태우며
화려한 색깔로 물들인 너
낙화하는 단풍잎

겨울 찬바람이 불어오면
예쁜 옷 훌훌 벗고
겨울의 혹한을 맨몸으로
살아가야 하는 너
그 세월 어찌 지내리
수많은 가지를 감싸야 하는
너의 의무를 다하여
겨울을 이겨낼 것으로 믿는다.

습지공원

청록색으로 뒤덮인 습지공원
물속에 잉어와 붕어, 송사리 어울려
수초 사이로 술래잡기하네
작년 잔해인 갈대꽃이
바람에 춤추며 한들대고
새싹 갈댓잎은 바람과 함께
물위에서 초록 물결 이루네

우리나라에서 제일 넓다는 갈대숲에
개구리 소리, 꿩 소리까지
그 속에 여러 동식물이 어울려 살아가네
이런 곳이 주위에 있다는 것은
선택 받은 것이라고 생각하니
오늘의 나들이는
즐겁고 멋진 한 폭의 그림이었네.

관악산에 오르다 1

관악산 입구에서
등산객의 물결에 떠밀려 산에 오르다
입구에 들어서니
호수에 철새 몇 마리

등산객들이 던져준 먹이로 재롱을 피우고
수초 사이 누비며 먹이를 더듬네
수만리 날아가야 할 철새가
먹이가 풍부해서 가지 않았나
아님 기후변화일까
그들도 이유야 있겠지

산중턱에 오르니 하늘을 찌를 듯한 수목
바람에 흐느적이는 그 찬란함
하늘을 덮어버린 떡갈나무
그늘을 주고 쉼터를 주는 나무들
허공을 가득 메웠구나

〈

무수히 오른 산이었건만

내딛는 걸음마다 생소하고 두렵다

산책로가 다양하고 경관이 수려해

스릴이 있고 누구나 부담 없이

오를 수 있는 산

사람들의 마음을 사로잡는 관악산.

관악산에 오르다 2

겨울에는
쓸쓸함과 공허만이 흐르던 관악산
얼음 속에 묻혔던 그 나목들
어느새 연두색으로 변했구나

태양을 가리고 그늘을 준 너
혼자라는 외로움에
너와 이야기했지
올려 보니 하늘에 닿을 것 같구나
저렇게 자랄 수가 있을까
상상도 못하리만큼
뿌리의 힘이 위대한 나무들.

아침 산책

동녘 하늘에 찬란하게
우뚝 솟아오른 저 태양
지금 강원도에는 온 세상이
눈으로 덮여 있다는데
그와는 반대로 밝은 햇볕이
온 산을 환하게 비추네

햇빛을 한아름 안고 서있는데
저 편에서 산새가 조잘대며 나를 반기네
초점을 잃은 채 바라보았지
너는 가벼운 깃털이 있어
창공도 훨훨 날 수 있고
그루터기에 앉아
동료들과 노래 부르고
봄의 햇살 아래 사랑도 하겠지……

아름다운 과천

정상을 향해 산에 올랐지
나뭇가지와 바위를 움켜쥐고
매봉에 오르리라 다짐했다

첩첩산중 혼자이기에
갑자기 무서운 생각이 들었지만
정상을 뒤로하고
돌아서서 멀리 경관을 보니
도시가 한눈에 들어온다

능선과 능선이 수려하게 이어진 아름다운 산
청계산과 관악산에 둘러 쌓여있는 과천
참 아름다운 도시

사람들이 선망하는 도시
희망하는 도시답다
나는 과천에 살게 돼서

행운이라고 생각한다
푸르름에 싸여
맑은 공기를 마시고 산을 내려왔다.

팔월의 여행

구름 덮여있는 하늘
차창에 빗물이 줄줄이 내린다
비는 그쳤다
산에 올라 계곡에 뛰어들었지
이마에 땀을 씻어 준다
이 폭포가 그 유명한 구룡폭포란 말인가

폭포 주위에 물보라가 요란했고
높이 50미터에서 쏟아지는 물줄기는
상상만 해도 시원했건만
무겁게 싸들고 와 먹고는
왜 쓰레기를 버리고 가는지
그런 사람들 국민성이 의심스럽다.

용추계곡

무덥고 답답한 마음에 집을 나섰다
차창 밖을 바라보며
혼자라는 외로움에 잠겼지만
계곡으로 들어가니
물이 너무 시원해 기분이 상쾌했다
산을 바라보니
한 편의 시상이 떠오른다

녹색의 소나무 나이테를 새겨 놓고
꿋꿋이 서서 자태를 뽐내는데
켜켜이 늘어진 가지
소나무가 풍기는 향내음에
숨 막히는 오후 찬연한 꿈에 젖어본다
끝없이 흐르는 물줄기
계곡에서 강으로 바다로 흘러가는
물줄기를 따라가면 얼마나 시원할까?

나들이

경춘선을 타고 구룡폭포에 갔다
눈을 감고 그림을 그려보았지만
옛날의 폭포가 아니다
물이 아주 조금 내려왔다

주위가 너무 훼손되어
물의 일부를 딴 데로 돌렸단다
그곳을 찾은 것을 후회했다
그래도 옛날부터 이름난 폭포이니
계곡으로 들어가 자리를 폈다.

큰 나무

따스한 봄날 명륜산에 갔었지
꽃구름 허공에 피어오르고
초록빛 새순
산자락을 더욱 찬란하게
연초록으로 물들였구나

위대한 자연에 순응하며
세상을 아름다움으로 변신시킨 너
내 지친 몸에 잠시나마
그림자 쉼터를 내어주는 고마운 너

나는 너의 속삭임에 귀 기울이고
너는 나의 이야기를 들어줬지
햇살 고운 빛깔로
아름다움을 자아내는 산
너로 인해 내 마음까지
푸르게 물들어 가고 있다.

춘천호

경춘선을 탔지
호반의 도시 춘천
닭갈비 먹고
시내 구경을 나섰지
강둑에는
소양강처녀상이 쓸쓸하게 서있네

강을 거슬러 높은 곳까지 올랐지
언덕 위에서 내려다보는 소양강
파란 호수 끝없는 강줄기
태양은 구름 속으로 몸을 사리고
저 멀리 떠있는 조각배

내 마음도 강물에 띄우고
은쟁반 위에 떠있는 도시
춘천을 뒤로 했다.

강원도

반가운 얼굴들을 만나
열차에 몸을 실었다
설렘으로 정선에 도착하니
싱그러운 공기가
나의 두 뺨을 스치네
하늘에 닿을 듯 둘러쌓인 첩첩 산들
산허리를 감싼 아침 안개

아기 뽀얀 살결처럼
산을 넘나드는 솜털구름
하늘에 닿을 듯 솟아있는 산야
우뚝 서서 천년 삶 약속하며
늠름하게 서있는 소나무

겨울에는 그 앙상했던 나무들
연초록을 어디에 숨겼다가
저리 찬란하게 변신했을까?

오월의 기쁨

딸아 고맙다
너의 전화를 받고
나도 모르게 두 손을 모았지
오늘에 영광을 사은님께
감사하며 기도했다

네가 부산으로 전근 가는 날
어미는 이 세상에 혼자 남은 것 같아
얼마나 울었는지 모른단다
주말마다 올라오는 네가
안쓰럽고 마음이 못이 아팠지

서울로 발령받았다는 네 전화에
뜬 눈으로 밤을 지새웠다
정말 고맙다 내 딸아
너의 인내심이
오늘의 영광이 되었구나

어미는 너와 가정에

무궁한 행복이 펼쳐지기만을……

저 바다 너머

화진포의 바다를
하염없이 바라보는
꿈에 정점에서
저 수평선 너머에
마음의 등댓불을 밝혀 보았다
고운 햇살 잔잔한 바다 위에
입맞춤하는 태양

끝없는 망망대해에
태산 같은 파도가
밀려 왔다 사라지곤 한다
아련한 마음에
밀려오는 물결을
하염없이 바라보았지
하얗게 부서지는 포말들을……

구름 사이로 얼굴을 간간히 내미는 태양

회색빛 하늘을 덮어버린 먹구름

저 수평선 너머에는 무엇이 있을까

저 곳에는 어떤 세상이

펼쳐지고 있을까?

첫눈

첫눈이 내렸다
그저 바라만 보아도 설레어
마냥 걷고 싶었던 시절이 있었지

소나무에 하얀 꽃송이가
주렁주렁 맺혔고
앙상한 가지에
포근한 목화송이가 피어 있다

한 해의 소망을
소복소복 매달고 있는
하얀 눈꽃송이……

겨울나무

눈이 내렸다
산골짝에도 적막한 들에도
하늘이 하얗게 만물을 품었구나
깨끗한 눈을 보니 마음이 상쾌하다

먼 하늘을 바라보니
허공을 가르며 나는 저 기러기
수만 리를 날아온 철새 떼들
그들도 살기위해
우리나라를 찾았으리
잠든 계절과 겨울나무 때문일까
내 마음 서글퍼지네.

겨울 산

울창한 산야
쓸쓸함을 불러오는
매서운 찬바람

눈과 비바람 맨몸으로 막아내는
외로운 겨울 산
초점을 잃은 겨울 나목
쓸쓸하게 서있네

맴도는 찬바람에
마지막 한 잎까지 떨구며
찬바람 시린 마음으로
서 있는 나목

인고의 아픔을 견뎌가며
봄소식 애타게 그리며
남쪽만 바라보는 겨울 나목

〈

자연의 섭리대로

봄은 살며시 다가오고

산천초목은 잎과 꽃으로

아름답게 승화되겠지.

난蘭

향기가 은은하게 퍼져
온 집안에 가득 차 있다
딸의 삼십 년 걸어온 길이 깃들어 있는
난이 꽃을 피었다

딸 직장에서 삼십 년 근속 기념으로 받은 상
뜻있는 그 난이 꽃까지 피워
내 마음을 즐겁게 한다
향기가 모락모락
온 집안에 가득 차 있다

잘 자란 것도 고마운데
꽃까지 피어주는구나
너에게 더 많은 사랑을
듬뿍 담아주마
후년에 또 그 후년에도
더 예쁜 꽃을 피워다오.

봄의 햇살

양지 뜰에 졸고 있는 봄볕
엷은 햇살 들녘에 살포시 앉아
따스하게 내려앉은 햇볕
나뭇가지를 훑던 매서운 바람도 밀려가고
허공에 피어오른 햇살은 창문을 두드리네

뭉게구름 바람 타고
하늘로 하늘로
두 눈을 사르르 감고
시 한 구절 떠올릴 때
싱그러운 봄바람이 두 뺨을 스치네
저녁노을 붉게 물든 하늘
예쁘게도 봄의 햇살로 색칠하는구나.

봄

수줍은 듯 마른 가지에 숨었다가
연초록으로 화사하게 피어난 봄
먼 길 돌고 돌아 이 땅에 왔네
겨울 찬바람은 지구 저 편으로 밀리고
겨울과 봄의 엇갈림에
한숨만 토해내는 찬바람

움트고 꽃을 피우는 화창한 봄
창문을 두드리며
햇살 한 가닥 방안으로 비집고 들어온 너
찬란한 그 태양이 꽃에 앉아
꽃술에 입맞춤하는 봄이어라.

목련꽃

은은한 향기 내뿜으며
아름답게 다가선 너
아침 향기 풍기는 태양처럼
빛나는 하얀 눈부심
찬란하게 피어나는 네 이름
목련이라지……

황홀한 그리움 내게 주며
꽃봉오리 터뜨려
잠들어 있는 내 영혼을
깨워주는 꽃이여
봄 햇살 한아름 안고
화사하게 피어나는 네 이름
백목련이라지……

들꽃

거친 들에 피어난 꽃
비바람 불어와도
고개 숙이는 법 없이
살랑대며 오직 하늘만 바라보는 들꽃

눈부신 햇살 온 몸으로 받으며
짓밟혀도 우뚝 솟아
끈질긴 집념으로 꽃을 피워내는 그 끈기
꽃이 있는 곳에는 웃음과 행복이 있다

벌 나비 꽃에 앉아 만끽하는구나
사람들을 즐겁게 하는 꽃
삼라만상이 꽃의 향기로 가득 차 있네
아름다운 들꽃이어라.

차 한 잔

차 한 잔 들고
노을 붉게 물든 서녘 하늘 바라볼 때
태양은 하늘 저 편으로 잠기고
외로움에 시리는 이 마음

어느새 흐르는 고요
긴 하루가 또 흘러가고
한 점 꽃향기로 밀려오는
달빛 황홀한 이 밤

꽃봉오리 터뜨리는 소리 들리면
향기를 피우며 방긋 웃는 고운 꽃
보랏빛 웃음 짓는 꽃의 향연에
찻잔 속의 향긋한 내음
꽃향기로 피어오르네.

담쟁이

어느 사이 초록은 간데없고
가을바람 무서리에 놀라
노랗게 변신한 너
바람에 이리저리 구르다
길 위에 부서지는구나

담쟁이 이파리
아픈 사연 바람에 띄우고
바스락 바스락 밟히는 소리
애잔하구나.

생生

황혼이 짙어오는 생
돌아보는 흔적마다
아쉬움 남네
저 편에 반짝이는 별빛
쏟아질 것 같은 수많은 별들
한줄기 별빛으로 밀려오는 그리움

흘러간 세월 속에 못다 그린 여백
아련하게 떠오른 미련
나이테가 나를 감고 돌아갔다
인고의 세월
창가에서 밤하늘 별을 보니
옛 생각 떠올라 가슴 아파오네.

마지막 잎새

가로수 단풍길을 걸었네
붉게 불타는 단풍나무
색깔마다 그리움 무던하게
겨울을 맞는 그 애절함

고운 빛깔 서리꽃
너의 애절함을 보고
사람들은 곱다고 하겠지
그 쓰라림과 아쉬움 누구라 알리
마지막 한 잎까지
허공으로 떨구는 그 마음.

창가에서

뜰에 앉은 봄볕
햇빛은 푸른 가지에 살포시 앉아
나무에게 속삭이나 봐
나는 말없이 바라보았지
지난날 회한이 가슴을 헤집네

허공에 그려지는 그리운 얼굴
앙상했던 가지에도 봄은 오는데
초록빛 하늘 색칠이나 하듯
여울진 그리움이
가슴을 찢는구나

잊히지 않는
애틋하고 보고픈 얼굴
대답 없는 너이지만
창문을 비집고 와
어미 가슴에 안기는구나.

산행

산악회에서 설악으로 등반을 갔었지
자기들이 갈 수 있는 고지를 정해 가란다
우리 삼인방은 울산바위로 정했지
흔들바위 올라가 잠시 숨을 고르고
철계단을 오르기 시작했지
깔깔대며 기어올랐지

정상에 올라 산 아래를 바라보니
저 밑에 파란 융단을 깔아놓은 듯
올려다보니 손 내밀면
하늘이 닿을 것 같고
아래를 바라보면 현기증이 났었지

주위를 돌아보면
하늘에 올라온 기분
내려다보는 그 감격
짜릿한 기분 그 쾌감 그 희열

무슨 표현을 할까

한때는 전국 명산을 누비었건만
지금은 옛 꿈이 되고 말았네
등산을 즐기던 때가 참 좋았다.

가을

가을
마음의 빈 공간에 앉아
하늘 저 편을 응시하며
생각에 젖어들 때
해는 서녘 하늘을 붉게 물들인다

한줄기 그리움을 달래며
촉촉이 젖어드는 눈시울
애써 잠재울 때
가을의 찬바람이
나의 볼을 스치고 지나간다.

겨울

하늘이 잔뜩 찌푸린 날
겨울비가 올 것 같다
아니 싸락눈이 펑펑 쏟아질 것 같다
먹구름이 덮어버린 하늘
하늘은 얼음을 삼킨 듯
시리도록 찬기가 감돈다

추수한 들녘에 외로이
옷자락을 날리며 서 있는 저 허수아비와
허공을 가르는 외기러기는 내 마음 알까
외로움이 밀려와 나를 덮치니
차가운 바람이 내 마음을 잡고
마구 흔든다.

창가 풍경

텅 빈 공간에 홀로 앉아
목적지도 없이
방향을 잃은 채
먼 허공을 바라보았다

살을 에는 칼바람이
소리쳐 울부짖고 있다

마른 가지에 매달려 있는 저 잎새
안간힘을 다해 나풀대고
바람은 그 잎을 마구 핥는다

하늘 저 편에 먹구름이 덮여 있고
창가에 하얀 눈이 펄펄 휘날리고 있다.

꽃구름

잡을 수 없는 구름이구나
조각으로 떠 있는 구름 한 점
닿을 수 없는 하늘나라
너의 이름 허공에 새겨본다

뭉게구름 어디론가 흘러가고
하염없이 불러 보는 노래처럼
너의 모습 역력한데
어미 가슴만 찢어지는구나.

잠 못 이루고 뒤척이며
가슴을 쥐어뜯는 이 밤
한 생을 이리 울 줄이야
그 누가 알았으리
내일모래가 한가위 명절인데
너를 생각하며 또 울고 있겠지?

나의 병상

갑작스레 엄습해오는 이 고통
구급차를 타고 병원을 찾았다
신우염이란다
한쪽 팔은 깁스를 했기에
반대쪽 팔에 링거 줄이 핏줄 따라 꽂힌다

미세한 혈관이 터진다
온 팔에 청색 꽃이 피었고
주사를 꽂을 데가 없어
다리에도 꽂았지만 약이 좀 들어가면
마찬가지로 또 터지곤 한다

꼭 이렇게 살아야 하나
못내 서러웠다
밤이면 잠 못 이루고 로비로 휴게실로
그 밤 빗소리까지
내 가슴을 적신다

날이 샐 무렵 간신히 잠들려고 하면

주사대 밀고 가는 발자국 소리

나를 차갑게 깨운다.

꽃잎편지

꿈결처럼 다가오는 너
그리움을 전할 수 없기에
창가에 서서 초점을 잃은 채
허공을 바라보았다

싸늘하게 식은 찻잔을 바라보다
오늘 문득, 너에게 봄소식을 전한다
무슨 말을 제일 먼저 적을까?

창가에 내리는 여백
봄 꽃잎에 소식을 적는다
주소도 우체부도 없는 편지를……

3부

숙명

숙명이란 무엇일까

결코 피할 수 없나 봐

힘든 고통에 눌린 세월

나이테에 새겨놓고

무념무심으로 살자고

세월의 무게 딛고

몸부림 쳐보지만

안타까운 삶 겹겹이 쌓여 오고

아프고 시린 마음만 떠오르네.

옛 생각 1

시를 쓴다는 게 피식 웃음이 난다
사는 것도 하늘나라로 간 내 새끼한테는
큰 죄이지만
이렇게 살아 있는 나
죽는 것도 팔자려니 하며 산 세월

아들 따라 가겠다고 바다에도
여러 번 뛰어 들었었지
물이 가슴까지 차오른 광안리해수욕장
등 뒤에서 울부짖는 아이 목소리
엄마! 엄마! 누나는 어떻게 해~
내 새끼의 소리였다

나도 모르게 뒤돌아보면 아무도 없다
그건 환청이었는지
아니면 가슴에서 울렸는지
그 소리 때문에 못 죽고

백사장에 앉아 하늘을 원망하며

얼마나 울었는지 모른다.

옛 생각 2

가슴이 아파온다
이 생각 언제쯤 떨치려는지
나도 한때는 행복했었지
두 아이 다 바르게 잘 자라는
다복한 가정이었으니까
사업한답시고 부산 갔을 적부터
내 불행은 시작되었다

사업 실패하고 아이 저세상으로 가고
그땐 죽어야 살 것 같아
아이 간 곳에서 꼭 죽고 싶었다
차에도 몇 번이나 뛰어 들었다
운전기사한테 미친년이라고
모진 욕설도 들었다
지금 생각하면 운전기사한테
또 큰 죄를 지을 뻔했다
가슴에 묻어둔 상처를 또 핥고 있다.

고향의 샛강

무슨 노래 들리나?

돌 돌 돌~

고향의 샛강이 부르는 노래

그 소리 따라가며 부르던

"고기를 잡으러 강으로 갈까요?"

물줄기 따라 내뛰던 언덕

낮달과 친구들은 함께 달렸지

별처럼 반짝이던 꿈은 어디 있나?

따라 부른 노래 어디 흘렀나?

생각이 안 나네

그러고 보니

내 꿈 냇물 낮달 다 떠나고

나 홀로 강가를 맴돌고 있구나.

회한

머리에 흰 서리 뒤덮은 지금
뒤안길을 바라보니 가슴이 미어지네
한 많은 삶, 옛 생각이 되살아나네
소리 죽여 울음 토해보지만
가슴만 갈기갈기 찢기우고
창문으로 들어온 저 달
내 가슴 속 깊이깊이
심연으로 파고 드는구나

이 그리움, 나 죽어야 잠재우겠지
회한으로 눈물이 볼을 적시네.

인생

서녘에 노을이 붉게 물든다
누군가 나를 부르는 소리
귓전을 스칠 때
솔바람이 창문을 두드린다
눈을 지그시 감으면
조용히 찾아오는 외로움

자신과 싸우며 사는 게 인생일까
돌아볼 새도 없이
세월은 줄달음치고
오늘도 시계바늘은
끊임없이 돌아간다
살아온 수많은 세월
회한만 겹겹이 쌓여 온다.

어릴 적 내 고향

철 따라 꽃피는 내 고향
봄이면 대밭에 죽순 자라오르고
동산에 진달래 붉게 피어
친구들과 진달래꽃 마냥 따먹었지

가을이면 울 안 알밤 주어다
아궁이에 통밤 구웠지
튀는 바람에 온 부엌 재투성이되어
올케언니한테 야단도 맞았지

추석이면 친구들과 동산에 올라
달맞이도 하고 숨바꼭질도 했지
어린 시절 아름다웠던 내 고향
철없던 그 시절 이제 옛 이야기가 되었네.

만남과 이별

잘못된 만남을
속울음으로 토해 본다
인고의 끈 마음속에
묻어야 하는 삶
필연의 아픔이기에
신 앞에 맹세했건만
살아온 세월이 너무 조여 와
마음으로 뇌까려 본다

되살아나는 마음
비우고 또 비워 본다
세월은 흐르고 흘러
이제 인생의 종착역인 걸
질기고 질긴 끈 이제 다 놓고
남은 생 나를 바라보며 살리라.

나의 전부였는데

손 내밀어도 닿을 수 없는
너인 줄 알기에
체념 세월 얼마였더냐
가슴속에 각인된 한 맺힌 서러움
마음속에 젖어드는 그리움
어미 가슴에 드리우는 너의 모습
보고픈 너

떨치려 해도 지워지지 않은
그 애틋한 너의 형상
내 심중에 못 박힌 너, 어쩌면 좋으냐
가슴이 터질 것만 같구나

이 시간도 옛 생각에
두 줄기 눈물이 솟는다
내 딛는 걸음마다
진하게 묻어나는 그리움

소리쳐 불러 보고픈 마음

허위적 허위적

허공에 네 이름 새겨본다.

지울 수 없는 너

지난 날
지울 수 없는 악몽의 세월
내 가슴을 짓누르고
눈물이 두 볼을 적시는데
백발로 심연에 빠져드네

무념 무심을 다짐하지만
자식으로 찢긴 아픔
세상을 원망할까
내 자신을 원망해야 되겠지
어떻게 하면 이 가슴이 조금이나마 트일까
세월이 가고 또 가도
가슴은 이렇게 조여만 오는데……

나의 삶

생을 돌이켜 보며
창가에 서면 어두웠던 지난날들
가슴에 맺힌 한
슬픔으로 다가온다
시간은 강물처럼 흘러가고
안타까운 마음으로
가슴이 조여온다

자식으로 찢긴 마음
아픈 가슴 한아름 안고
살아가는 삶
쓸쓸한 마음 가눌 길 없다
네 이름 불바늘처럼
어미 가슴에 꽂힌다.

너의 빈자리

먼 나라로 너를 보내고
천지가 무너진 그날의 고통
빈 가슴으로 소리죽여 운 세월 얼마였더냐

갈기갈기 찢긴 마음
생지옥이었다
네가 다니던 그 길에
사람들은 수없이 다녀도
어미 눈에는 텅 비어 있는 길이었다

쓸쓸함이 밀려와 두 볼을 적실 때
나무 그루터기에 앉아 우는 저 새
그 새도 울고 어미도 소리죽여 울고
겨울나무도 칼바람에 울고 있구나.

노을

하늘과 바다가 마주하는 서녘
노을이 붉게 타는 저 바다
하늘과 바다가 서로 애무하는 노을
화려함과 찬란한 빛

은은한 속삭임에
구름마저 빨갛게 물든 허공
서녘 하늘을 불태우며
오늘도 노을 속에 하루해는 잠긴다.

원불교

일요기도 끝난 뒤
영산에서 나들이를 갔다
시가를 지나 부각산을 올라
삼청각으로 갔었다
햇볕 내려 쪼이는 창가에 앉아
북악산을 올려다보니
초록은 벗겨지고 오색영롱한 옷
갈아입은 나무들

북악산은 자비로운 어미 같은 마음으로
잡초까지 끌어안았다
다섯 색깔 단풍으로 곱게 물든
한 폭의 수채화로다

실내의 향긋한 커피 내음이
햇볕에 숙성되어 더욱 그윽하게 번지고
차를 마시러 온 선남선녀들

그들로 아름다운 산을 가득 채웠다

원불교를 다니기에

오늘을 그릴 수 있는 것 같다.

뻐꾸기

봄부터 맑은 공기를 가르며
애절하게 우는 새
그 이름 뻐꾸기
너는 왜 그리 우는지

네 울음에 산천초목이 울리고
산새들은 마냥 움츠리는 구나
이 세상 슬픔을
너 혼자만 가슴에 안고 사는지
네 울음에 내 마음까지 젖는구나.

넝쿨장미

예쁘게 웃음 짓는 넝쿨장미
지나는 길손에게 생긋이 웃으며 인사하네
초록 잎 사이로 얼굴 내민
빨간 꽃봉오리

영롱한 이슬 송알송알 맺혀 있네
해님이 아침 이슬을 씻어 주니
사랑으로 받으며
고개 들어 담장 넘어가는 예쁜 넝쿨장미……

어린 시절

한 생을 이루지 못한 꿈
흐르는 세월 속에 달빛처럼 숨어든
황혼의 서러움
그리움으로 영혼을 불태우며
가슴 조여 오는 사연들

초록빛 출렁이던 그 어린 시절
그 아름다웠던 꿈은 부서지고
그리지 못한 여백의 아쉬움
아쉬움으로 촉촉이 젖어든 눈시울
흐르는 세월 어찌 잡으리……

글방 문우들

머리에 서리가 앉은
문우들 모였다
김용하 선생님으로부터
가르침을 접하고
시화에 눈을 떴다

혹독한 인내와 끈기로
한 걸음 한 걸음 다가가며
뒤늦게 공부하며 살리라
스스로 다짐해본다

내 삶에 숨어드는 황혼일지언정
마음의 창을 열어
문우들과 뜻을 같이 하며
남은 생의 등불을 밝히리라.

망상

달 밝은 밤
바람이 창문을 두드리고 있네
창문을 스치는 구름 그림자가
방안을 들여다보고 가네

고요한 이 밤
단잠을 깨우는 바람 소리
왜 이다지도 잠을 못 이룰까
밤의 고요 속에 망상만 떠오르고

세월의 무게 속
번뇌가 가슴을 때리네
생에 무슨 미련이 있기에 이럴까
미련을 버리고
주어진 운명대로 살리라.

나의 젊은 날

먼 허공을 바라보니
내 안에 새겨진 아쉬움
어느 날 뒤 돌아보니
언제부터인가 내 몸을 칭칭 감싼
늙어버린 육신

푸른 꿈을 헤엄치듯
뒤 돌아 보지 않고 살아온 삶
시대 속에 추락한 나를 본다
나의 젊은 날은
어디로 흘러갔을까?

연흥도

발길 따라 버스에 몸을 실었지
부두에 도착하니 끝없이 펼쳐진 갯벌
조개 캐는 아낙네들
하얀 포말이 밀려왔다가 스쳐 지나는
바닷가

갈매기는 끼룩끼룩 머리 위를 맴돌고
우리는 유람선에 몸을 실었지
배를 스쳐지나가는 해풍
쪽빛 하늘아래 가슴 시릴 때
스산한 마음 씻어가는 짓궂은 바람에
괜스레 가슴이 설레었지

배는 여름을 싣고 질풍처럼 달리네
저 수평선 끝없는 망망대해
파도에 쓸리는 갈매기야
연홍도를 잘 지켜다오~

유년기

철없던 어린 시절
즐거움으로 뛰놀던 유년기
봄이면 진달래로 뒤덮여
동산에 짙게 퍼지던 꽃내음
오월이면 아카시아 꽃 하얗게 피고
송홧가루 흩날리며
멀리멀리 퍼져가던 향기로운 내 고향

여름이면 녹음에 쌓여
가재골에 졸졸졸 찬물 흐르고
가재 잡고 발 담그고
뛰놀던 어릴 적 소꿉친구들
봉애와 의순이 모두
잘들 살고 건강한지
아련하게 떠오르는
내 유년의 꿈 조각들.

그늘

칠월의 열기를 피해
소유산 계곡에 갔었지
그늘에 앉아 삶을 뒤돌아보니
나는 아주 먼 길을
돌고 돌아 왔구나
누구를 위해 뛰었는지……

해놓은 것 아무 것도 없고
부모님에게 불효한 자식
딸에게는 엄한 어미의 기억뿐

이제 나 자신을 돌아보며
어두웠던 생각을 지우고
밝은 마음으로 살리라
청송 늘어진 자연에 앉아
가슴 깊이 다짐해 본다.

백마고지

끝없이 펼쳐진 평야를 지나
철도 종단점인 철원의 월정리역
무거운 마음으로 열차에서 내렸지
전적비와 유령비 앞에
나라를 위해 가신 임들을
생각하며 손을 모았다

미국과 소련이 그려놓은 철조망
하늘에선 뭉게구름이 넘나들고
철새들도 북에서 남으로 날아오는데
우리는 왜 오고 가지 못 할까
민족의 한이 된 철조망
남과 북이 손에 손잡고
통일이 되기를 간절히 염원했다
동포의 한과 서러움을 느끼며
나는 백마고지 앞에서
두 손 모아 간절히 기도했다.

홍도 다복솔

제주도 여행을 갔었지
돌아오는 길에
목포로 발길을 돌렸다
유달산에 올라 가
목포의 절경을 감상했었지

쾌속선을 타고 홍도로 갔었지
뱃전에서 바라보는 그림
푸른 물결 망망대해 그 우람한 파도
뱃전을 씻어가는 해풍

파도가 울부짖는 소리
나는 그 소리에 귀를 기울였지
해풍에 떠밀리는 쾌속선
홍도에 도착하니
바다에 떠있는 바위산
〈

바위 사이사이 솟아있는 다복솔

어느 저택의 정원을 옮겨놓은 것 같아

하늘 아래 저리 좋은 그림이 있을까

감탄사가 절로 나오네.

오월의 아카시아

찬란하게 속살 드러내어
눈부시게 하얀 꽃
나뭇가지에 주렁주렁 매달려
나부끼며 한들대는
향긋한 내음

멀리멀리 퍼져가는 향기
오월의 햇살 아래 하얗게 수놓은 꽃
오만한 자태로 뽐내며
사람들을 설레게 하네

따가운 햇살 아래
상큼한 향기로 햇살을 가득 안고
나뭇가지에 매달려
세상을 굽어보는 아카시아 하얀 꽃.

이팝나무

도로에 핀 이팝나무 꽃
하얀 꽃 만개하여
모두의 마음을 즐겁게 한다

누가 나뭇가지에
하얀 밥을
부어 놓은것 같다

바라볼수록
마음이 배 부르다고
즐거워 한다.

발문

상처를 딛고 쓰는 편지

하림(昰林) 시인

1

살며 마음에 쌓이는 상처는 있기 마련. 누가 상처를 어루만져 치유할 수 있을까? 그리고 살며 얻은 각자의 상처는 얼마나 많을까? 누구에게라도 삶 자체는 처음인지라 더듬더듬 살다보면 지난 세월은 후회의 흔적으로 남기 일쑤이다. 여기 이봉남 시인 역시 아픈 상처를 어루만지며 스스로의 길을 열어가고 있다.

이봉남은 세칭, 등단 시인이 아니다. 그러나 아픈 일상들이 스스로 시를 통해 과감하게 일어서고 새로운 출발의 문을 열게 하고 있다. 이제 그는 용감한 시인이다. 자기의 감정을 숨기지 않고 마음을 열어 제치고 있다. 속마음을 세상에 대고 큰소리로 고백하는 것은 용기가 없으면 불가능하다. 이미 시인이 아니면 할 수 없는 일이다.

시는 나만의 발견이자 진실한 호소다. 내 삶은 나의 것이요, 내가 가꾸어 꽃피우는 나의 정원이다. 그러기에 물주고 가꾸는 일정에 바쁠 수밖에 없다. 게으르면 아무 것도 해낼 수 없다. 이봉남 시인은 6년여의 읽고 다듬는 짧지 않은 숙련 기간을 거쳤다.

많은 여행으로 현장감 있는 묘사를 저장해 익히기도 했고, 나름대로의 독서를 통해 노익장을 자랑하며 쓴 150여 편 시. 그 중에서 엄중하게 고른 시를 이번 시집 『꽃잎편지』에 실었다. 시인이 지천이라지만 그 연세에 분량으로 보거나 열성으로 볼 때 예사롭지 않다. 시인은 늘 자기와의 싸움이다. 진실과의 싸움, 허구와의 싸움, 닥치는 불행한 싸움과의 만남이요, 그 싸움과의 이별을 노래한다.

그러나 이제 매사에 순종하는 마음이요, 모든 일을 순리로 돌리는 때가 왔다. 그럼에도 스스로 발전하는 모습이다. 밤새 기와집 짓던 젊은 꿈은 빠르게 지나고 이제 기력이 쇠진해 고향으로 돌아가고 싶은 삶의 본능이 슬며시 일어선다. 잠시 세상에 머물렀다 가는 길, 자랄 때의 동무들이 그리워 과거를 되살리고 싶은 마음으로 돌아왔다. 그 안에는 늘 그리움이 자리한다. 추억으로 돌아가 어린 시절이 되어 추억의 한 대목을 일깨우기도 한다.

대부분 나이 들면 세상 관심 밖의 나날에 스스로 외로움을 달랜다. 다 떠난 빈 둥지에서 추억을 매만지며 살 수밖에 없는 인생 아닌가? 하고…….

이번에 이봉남 시인은 할 소리는 하겠다는 과감함으로 일어섰다. 그냥 물러나 한탄만 하는 게 아니라 내 노래를 스스로 부르며 삶의 의미를 되찾겠다는 과감한 의지를 보인다. 다 키운 아들을 여의고 삶을 접으려 했던 때, 바다에 함께 가지 않았더라면, 그 시간만 비켰더라면, 후회는 말발굽 소리로 넘어와 내 몸에 붙어 괴롭히고 피를 말린다.

아직 살아 있다는 게 실감이 안 난다는 시인, 그는 사람이기에 참아야하는 간절한 절망 앞에 후회의 용수를 쓰고 걸어 다닌다. 혼자 당하는 일만은 아니라는 것을 알면서 진한 슬픔이 바위 되어 가슴을 누른다는 시인의 육성이 편편에 배어있다. 의사도 고칠 수 없는 마음의 병, 혼자 하루하루 살며 영혼이 된 아들에게 지켜주지 못한 어미 마음을 글로 써야만 살 수 있는 다급함의 호소다. 아들에게 어미의 진실한 마음을 전하려고 살아 있단다. 여기에 이 시집의 절실함이 숨어 있다.

갈림길

아무도 모르게
불행의 발자국 소리 없이 와
가슴에 돌처럼 굳은 너를 안고
천지가 무너지는 그때의 고통

칸막이 없는 삶과 죽음 오 분 사이
이승의 천지에 너의 손 놓치고
어미의 잘못에 운다

불행의 막은 나를 덮치고
내 생명을 주면 너 올 수 있나?
살아 있는 것이 죄구나
걸어 못 온다면
꿈에라도 다녀가거라.

꿈에서만 볼 수 있는 아들을 가슴에 묻었다. 피멍 들어 숨이 막힌다. 풀어헤쳐야 나도 산다. 정신 놓아버리면 그나마 기억까지 버리는 것 아닌가? 그 온기 그 목소리, 가슴에 품고라도 견뎌야 한다. 막중한 슬픔에 너와 나의 갈림길에서 손 놓아버린 아들을 어디로 보내야 하는가?

'불행의 막은 나를 덮치고/ 내 생명을 주면 너 올 수 있나?/ 살아 있는 것이 죄구나/ 걸어 못 온다면/ 꿈에라도 다녀가거라.' 저승과 이승으로 갈라지며 눈물의 바다에 떠있는 모자의 정, 어미가 생명을 건져내지 못한 한이 서린 바다에는 슬픔이 넘쳐 출렁인다. 목숨이라도 주고 싶은 어미의 간절한 마음을 화자의 심정으로 객관화한 처절한 심정, 시인은 그것을 고백한다. 여기서 주관적인 서술이 객관화하며 공감의 장으로 독자를 안내한다. 그 어느 슬픈 노래가 어미가 자식을 생각하는 간절한 마음보다 더 절절할 수 있을까?

이제 생사의 갈림길에 들어섰건만 손잡아 살아간다. 경계가 무너진다. 놓으면 헤어진다. 살아 있는 죄 용서가 안 된다. 소리 없는 운명의 신이 운명의 바퀴를 돌린다. 아들은 위에, 죄지은 어미는 밑에 깔려 있다. 운명의 변덕스러운 바퀴를 멈춰보려는 어미의 몸부림은 프로메테우스가 보낸 독수리에게 간을 쪼이는 고통 만큼이나 처절하다. 어찌 죽는 날을 기다리지 않을 수 있을까? 그 고통에서 벗어나는 유일한 길, 아들에게 못다 한 말을 써내려가야 한다. 응답이 없는 끝도 없는 편지, 먼지 같은 내 몸의 일부, 저 우주로 날아가 우주가 되어버린 아들의 이름을 부르며 하루를 보낸다.

내가 간다

내가 간다

어디 가는 중이야?
아들에게 간다
아프고 슬퍼 눈물이
가슴을 채웠는데 무슨 말을 하리
노을 진 산마루에 서 있다

가까운 종착역이 보이는데
거기가면 내 찾는 아들이 있을까?

그래, 기다리고 있어
한 걸음에 다가가
너의 손 잡을게
기다려, 내가 달려 갈게.

형체 없는 아들과의 대화가 시인의 일상을 지배한다. 대화는 상대가 있어 마주 해야 통한다. 그러나 시인의 언어는 혼자만의 독백일 뿐이다. 아들은 항상 가슴으로만 답한다. 혼자 하는 노래요, 혼자 구현해가는 세계가 바로 여기 있다. 그가 혼자 부르는 노래는 슬픈 화자의 육성으로 울려 퍼지고 득음의 울림으로, 세상을 향한 메아리로 살아 새처럼 날아다니며 독자들의 가슴을 파고들 것이다. 희망의 날개 안에 가두어 모자의 정을 새롭게 쌓아 나갈 것이다. 언제나 사람은 기다림의 해법 속에 속하는 존재. 기다림에서 태어나 기다림을 익히는 생활의 터전에서 다시 숙성되기를 기다리런다. 숙성되어질까? 하는 기다림의 세월을 살고 막바지에 천당을 기다리며 늙어간다. 아들로 태어났지만 아들 또한 시인의 아들로 살지 못한 한이 서린 기다림은 종국에 그 아들과 손잡는 일일 것이다. 종착역은 보인다.

그렇다, 팔순의 나이에 아들이 기다리는 저세상으로 가는 날이 가까운 것을 의연하게 받드는 일은 오히려 기다려지는 세상, 아들과의 기쁜 해후를 위한 준비가 된다. 음률과 축약의 시어가 단조롭게 쉬운 말로 다가오고 오히려 그럼으로써 짙은 울림의 함축을 가져다 준다. 우연과 필연 사이를 오가며 적절한 진실을 담아내는 간절한 마음이 생생하게 느껴진다.

가을비

간밤에 비가 내려

활짝 웃고 있는 얼굴에
궂은비 스멀스멀
선 채로 흠뻑 젖어
눈물만 뚝뚝 떨어뜨리고 있는
국화꽃

길가 빨강 노랑색 낙엽들이
뒹구는 위에
지나는 나그네 마음을 띄운다
가을비에 움츠리며
어디를 가는지 바삐 걷고 있는 나그네.

2

시는 어디로부터 오는 것일까? 그것은 모든 시인의 머릿속을 배회하는 문제이자 대상으로 작용한다. 피할 수 없는 대상이 내 앞을 막아서는 상황이다. 누구는 겨울이 좋다고도 할 수 있다. 역설적인 표현으로 사람들을 몰고 가자면 봄을 기다리는 희망이 삶의 원동력이 된다고 할까? 겨울이 있기에 봄을 더 절실한 기다림의 대상으로 삼는다. 아니 더 절실하게 기다린다.

세상은 돌고 돌아 음양의 이치를 깨닫게 하는 계절의

쓴맛과 단맛을 번차례로 느끼게 하는 원초적인 자연이다. 시인들은 가장 먼저 깨닫고 먼저 평가하는 사람이다. 자연의 순리 속에 함께 흘러가는 자연의 생물들, 겨울동안 움츠리고 겨울잠을 자는 동물들 그리고 영장류가 모두 함께 하는 겨울 속의 고통을 감내해야 봄을 맞을 수 있는 것이다.

병아리가 스스로 제 알집을 깨고 나오지 못하면 제대로 살아가지 못하듯 모든 생물들은 견디며 살아남는다. 시인 또한 시로써 모든 이치를 깨달아 어둠 속에서 밝음을 노래하고, 밝은 오늘 어둠이 오는 내일을 노래한다. 항상 예감을 짚어내기 때문이다.

「가을비」에서 시인은 '눈물만 뚝뚝 떨어뜨리는 국화'라 했지만 읽는 내내 눈물 흘리는 '사람'이 그려진다. 결국 국화를 통해 울고 싶은 화자의 마음이 감춰져 있는 것 아닌가? '가을비에 움츠리며/ 어디를 가는지 바삐 걷고 있는 나그네'는 의기소침한 사람을 넌지시 내용 속에 감추고 있다. 시인은 결국 감추지 않고 하고 싶은 말을 다 하고 있는 것이다.

나아가 비 온 가을 길에 오색 낙엽들이 떨어져 쌓인다. 갠 날 아름다워 보이던 이파리들, 질펀한 신작로 가에 쌓여 밟히는 게 시인은 안쓰럽다. 사물을 상대로 시의 씨앗을 세상에 뿌려 엉뚱한 열매로 작용되는 반전의 역사가

출현되는 순간이다. 어디로 가나 나그네 되어 만나고 흩어져 알지 못하는 곳으로 또 흩어지기 마련이다. 살아 움직이는 사물의 행보가 이별의 운명을 얘기한다. 지극히 당연한 일이다.

고향의 샛강

무슨 노래 들리나?
돌 돌 돌~
고향의 샛강이 부르는 노래
그 소리 따라가며 부르던
"고기를 잡으러 강으로 갈까요?"
물줄기 따라 내뛰던 언덕
낮달과 친구들은 함께 달렸지

별처럼 반짝이던 꿈은 어디 있나?
따라 부른 노래 어디 흘렸나?
생각이 안 나네
그러고 보니
내 꿈 냇물 낮달 다 떠나고
나 홀로 강가를 맴돌고 있구나.

시간과 공간을 잃어버린 꿈, 고향에 닿아도 옛 친구는 없다. 살았나 죽었나도 모른다. 환상 속에서 머무적거리다 추억이라는 탈을 쓰고 내게 환영처럼 나타난다. 아무 준비 없는 나날이 전개되어 여기까지 이끌려 왔기에 시인의 표정에는 허무와 당황의 기색이 역력하다. 누구나 겪는 과정이요 당연한 사유다.

그러나 시인이 흘리고 온 냇물, 낮달, 친구, 고향의 샛강은 아직 건재하다. 시인 역시 건재하여 이 시를 쓴다. 군더더기 없이 간결하다. 그러나 모든 것은 진실이요 사실의 발로이다. 하 많던 꿈, 어른들이 부추기던 요조숙녀가 되기를 스스로 바랐지만, 현모양처가 되어 아이들을 잘 키우고 출세의 가도로 내세우는 꿈도 꾸어 보았지만, 이루지 못하는 미완의 것이기에 아직도 시인의 가슴에 오롯이 남아 있다.

어느 시인은 헛되고 헛되다고 노래하고, 누구는 어려운 철학이라고 말하지만 이봉남 시인의 시는 쉽고 편안하여 친절한 아주머니의, 그러나 일면 강인한 어머니의 절치부심切齒腐心으로 다가오는 듯하다. 보편타당성을 잃지 않고 시종 쉽게 접근할 수 있는 시가 오히려 순수해서 좋다. 쉽게 말하고 쉽게 이해한다는 결코 쉽지 않다. 진리를 터득하지 않고는 불가능한 일일지도 모른다. 시집에 실린 편편이 일견 평범해 보이지만, 누구나 따라 부를 수 있는 쉽고 친근한 노래라 할 수 있을 것이다.

꼬고 비틀고, 지성의 표출이 목표인 양 난해한 시를 써재끼는 현대 시인들에게 강조하고 싶다. 시는 즐겁고 행복한 마음으로 노래 불려져야 한다. 독자와 소통하는 것. 이것이 바로 시가 가지고 있는 또 하나의 중요한 의미라고 할 수 있을 것이다.

수련관 가는 길

시화전 가는 길
안산에서 버스를 탔지

눈에 들어오지 않는 이정표
기사님께 물었더니
사십 분 가야 한다고……
양 옆에 바다를 거느리고 달린다

시화방조제 연륙교를 건너
제부도를 거치는 동안
계속 따라오는 바다
가라앉은 마음이 탁 트인다
〈

망망대해 물새 날고
물 위에 뜬 빛
파도에 씻겨 사라지는데
저 멀리 바다에 조각배 띄우고
목적지로 차는 달렸지

청소년수련관에 전시된
우리들 시와 그림은
큰 기쁨으로 다가왔다

보람 있는 하루
하늘을 나는 기분이었다.

아마도 시인은 자기의 작품이 걸린 시화전에 스스로 찾아간 듯하다. 가깝지도 않고 익숙하지도 않은 여행길을 별다른 장식 없이 담담히 진술하고 있다. 평자에 따라 어설프다고 할 수는 있겠지만 시인의 진솔함이 그대로 전해져 온다. 버스 기사가 '사십 분 가야 한다'고 알려주는 장면이나, 마치 바다가 달리는 버스를 '계속 따라오는' 것 같다고 말하는 부분에서는 아이 같은 천진스러움에 절로 미소가 그려지기도 한다. 쉬운 시란 결코 쉽지 않을지도 모른다.

이번 시집 『꽃잎편지』에서 간간이 드러내 보이고 있는 시인의 아픔은 '봄 꽃잎'에 쓴 그 편지가 '주소도 우체부도 없'지만 분명히 '꿈결처럼 다가오는 너'에게 다가갈 것으로 믿고 싶다. 그리고 시나브로 시인의 아픔이 치유되리라는 희망으로 글을 맺는다. 첫 시집을 내는 이봉남 시인이 더욱 발전하기를 기대한다.

꽃잎편지

초판인쇄 _ 2015년 6월 26일

초판발행 _ 2015년 6월 30일

지은이 _ 이봉남

발행인 _ 홍순창

발행처 _ 토담미디어

서울 종로구 돈화문로 94(와룡동) 동원빌딩 302호

전화 02-2271-3335

팩스 0505-365-7845

출판등록 제2-3835호(2003년 8월 23일)

홈페이지 www.todammedia.com

편집미술 _ 김연숙

ISBN 979-11-86129-22-7